波兰怪探

乔利侦探的新邻居

【波】格热高什·卡斯德普克 著

【波】彼得·雷赫尔 绘

赵 霞 译

中国铁道出版社有限公司

CHINA RAILWAY PUBLISHING HOUSE CO., LTD.

北京市版权局著作权合同登记 图字 01-2016-4502

图书在版编目（CIP）数据

波兰怪探. 乔利侦探的新邻居/（波）格热高什·卡斯德普克著；
（波）彼得·雷赫尔绘；赵霞译.—北京:中国铁道出版社，2019.4
ISBN 978-7-113-25374-5

Ⅰ.①波… Ⅱ.①格… ②彼… ③赵… Ⅲ.①儿童小说-短篇小说-
波兰-现代 Ⅳ.①I513.84

中国版本图书馆CIP数据核字（2019）第001251号

Published in its original edition with the title
"Detektyw Pozytywka"
Text © by Grzegorz Kasdepke
Illustrations © by Piotr Rychel
First published by Wydawnictwo Nasza Księgarnia, Poland
This edition arranged by Himmer Winco
© for the Chinese edition: China Railway Publishing House

Himmer Winco

本书中文简体字版由北京象图美孺文化传媒有限公司独家授予中国铁道出版社。

书　　名：波兰怪探——乔利侦探的新邻居
作　　者：[波]格热高什·卡斯德普克　著
　　　　　[波]彼得·雷赫尔　绘
译　　者：赵　霞

责任编辑：范　博　　　　　　　编辑部电话：010-51873697
责任印制：赵星辰

出版发行：中国铁道出版社有限公司（100054，北京市西城区右安门西街8号）
网　　址：http://www.tdpress.com
印　　刷：中煤（北京）印务有限公司
版　　次：2019年4月第1版　2019年4月第1次印刷
开　　本：880 mm×1 230 mm　1/32　印张：3.25　字数：115千
书　　号：ISBN 978-7-113-25374-5
定　　价：29.00元

目 录

谜题之一

    海豚图案的袜子去哪了？ ·················1

谜题之二

    沙子去哪儿了？ ·····················5

谜题之三

    这简直是耻辱！ ·····················9

谜题之四

    是谁弄坏了怀表？ ·················14

谜题之五

    哪儿来的森林？ ·····················19

谜题之六

    谁想惹恼米泰克先生？ ·············24

谜题之七

    37.5 度！ ·······················28

谜题之八

    这里为什么变暗了？！ ·············34

谜题之九

　　有问题的水果！ ………………………… 38

谜题之十

　　为什么会变白呢？！ ………………………… 44

谜题之十一

　　米泰克先生的衣服是怎么回事？！ ……………… 48

谜题之十二

　　谁弄破了充满气的球？！ ………………… 53

谜题之十三

　　是谁弄坏了风筝？！ ………………………… 57

谜题之十四

　　嗷呜，真烫！ ………………………… 61

谜题之十五

　　谁偷了乔利侦探的自行车？！ ……………… 67

谜底 ………………………………………… 77

侦探乔利·海德看上去和蔼可亲，不过脾气古怪。举个例子？好吧——在与坏人搏斗时，他坚决不用仙人掌以外的任何其它武器！仙人掌和智慧——这就是我们的故事主角战胜坏人所需要的全部利器。不得不承认，它们非常奏效。

亲爱的读者，你正在读一本与众不同的书——你将和乔利侦探一起破解书里各种各样的谜题。至于你的解答是否正确，请参见本书的最后部分，所有答案将在那里揭晓。如果你未能顺利破案也别着急，要知道罗马不是一天建成的，神探也并非一日练就。倘若你成功侦破所有案件，那么……祝贺你！没准哪天你能成为乔利侦探的得力助手，帮助他一起战胜坏人，谁知道呢？

祝你们玩得开心！

格热高什·卡斯德普克

谜题之一
海豚图案的袜子去哪了？

　　"粉红眼镜"是一家小侦探事务所。狭小的空间勉强能容纳下窗台上的一盆仙人掌（它是乔利·海德侦探唯一的武器）、一张画着国际象棋盘面的小桌子、两把折叠式钓鱼椅和一个电水壶——它似乎已不太好使，最近两周乔利侦探都没法用它来烧水。噢，屋里当然还有侦探事务所的主人——乔利·海德先生。他一人身兼数职，既是老板，也是员工。当乔利侦探在办公室的时候，任何委托人都很难挤进那间小屋子。问题是，如果连侦探本人都不在的话，别人还来做什么呢？其实几乎没什么人光顾事务所，不过侦探先生觉得这对他来说完全不成问题，因为他善于发现一些自己感兴趣的谜题，并最终将它们一一解开。

　　当然……事务所里偶尔也会传来咚咚的敲门声，

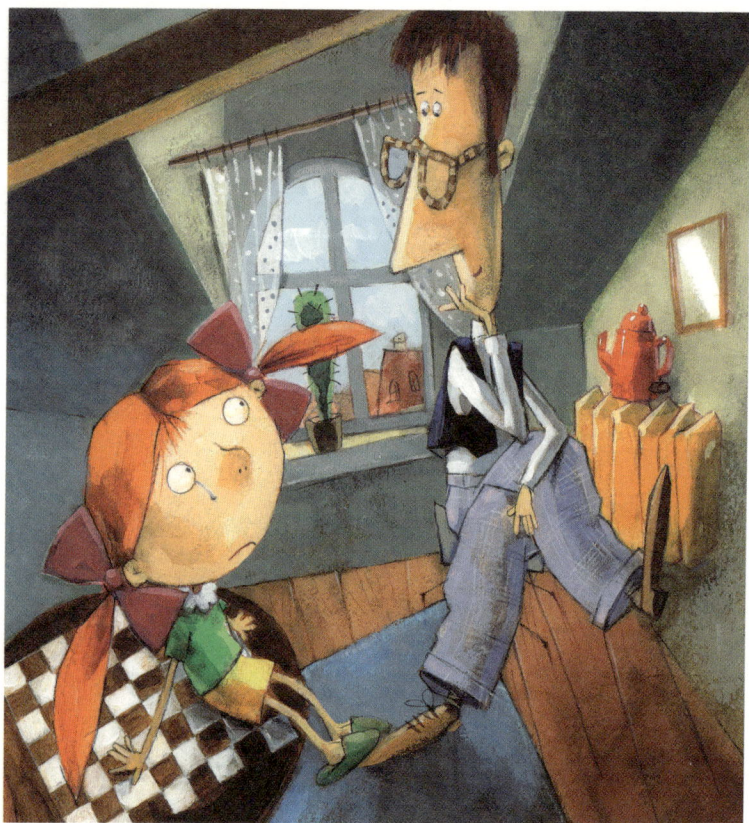

但访客多半是孩子——他们是唯一认真对待侦探先生的人。一直以来都是如此，这次也不例外。

"您好……"事务所门口站着一位小姑娘，她一边哭一边说："我是……"

"你是祖佳……"侦探先生替她把话说完，"你住在我楼下的楼下。"

（"粉红眼镜"事务所位于一幢老住宅的阁楼层，邻里之间十分熟识。）

"是的……"祖佳含糊不清地说，"嗯……我那双带海豚图案的袜子不见了……"

乔利侦探直到这时才注意到小女孩是光着脚丫蹬着一双拖鞋站在门外。

"怎么回事？"乔利侦探惊讶地问，"那双袜子是穿在脚上时不见的吗？"

"不……不是的。"祖佳边抽泣边解释道，"我想穿那双袜子，可是突然发现……它们不见了。"

侦探先生明白，假如他不能立即解决眼前的问题，小女孩恐怕会用眼泪淹没整栋住宅楼。于是他深吸一口气将肚子收紧，侧身把小女孩请进事务所里——看来，狭小的事务所里还是能勉强容纳下一位小朋友的。

"那……那双袜子是丹娜奶奶送给我的礼物……"祖佳好不容易才止住哭泣，"上面有海豚图案……我非常喜欢……昨天我就穿着它们，前天也穿着它们，还有大前天也是……可是今天，当我想穿的时候，发现它们……不见了！"话音刚落，小女孩又开始嚎啕大哭起来。

乔利侦探有些不知所措地看着伤心的小女孩。他想，那必定是一双非常漂亮的袜子，否则小家伙也不至于连续穿了三天之后还想继续穿。

"我知道了！"乔利侦探忽然蹦起来大喊一声，"跟我来！"

事实证明，他们并不需要走太远就能找到答案。在阁楼层靠近"粉红眼镜"事务所的边上有一条狭窄的走廊，走廊的深处能看到两扇门，一扇门上标示着"卫生间"，另一扇上是"晾衣间"，侦探先生正带着小女孩朝晾衣间的方向走去。他们走进晾衣间，在一件件白床垫罩、各式裤子、上衣和围巾之间，挂着一双……

"我的袜子，带海豚图案的袜子！"祖佳高兴地喊了起来。

"你看，我猜得没错吧……"侦探先生微笑道，"我想应该是你妈妈晾在这里的。"

你们知道吗？

侦探先生的推测完全正确。

很好奇你有没有猜出来，乔利侦探怎么想到该去哪儿找那双带海豚图案的袜子的呢？

谜题之二

沙子去哪儿了？

这天，乔利侦探的心情比平常还要糟糕，因为仍旧没什么值得高兴的事。他已经很长时间没接到任何委托——乔利先生办公室所在的那栋楼里的大多数居民都认为，侦探社的老板（同时也是唯一的员工）是一个无害的怪胎。于是他们只是偶尔想到找他来帮忙解决某个问题。是的，当想找到走失的仓鼠或是被风吹走的手帕，那时乔利侦探就变得无可替代——至少孩子们是这么认为的，他们经常因为这些问题来找他。但诸如找仓鼠这类活是难以维持生计的！在类似的情况下，乔利侦探所能获得的唯一报酬仅仅是一句"谢谢！"。

更糟糕的是，离乔利侦探的事务所仅仅几层楼之隔的地方竟然出现了竞争者。某天，就在住宅楼地下室的屋门口突然挂起一个招牌，上面写着"悲观者侦探事务所"。事务所的主人——马尔特维亚克侦探是一位眼里布满血丝、满脸忧郁的胖子——他正在院子里忙碌地监督装修工人们干活。马尔特维亚克清点了一遍成袋的水泥、满载沙子的独轮车、成箱的瓷砖，还有涂料桶。为了能尽早搬进新办公室，他在一边不停地催促着所有人，不容许他们有丝毫懈怠。

这一切对于乔利侦探来说确实没什么可值得高兴的……

一阵轻轻的敲门声打断了乔利侦探忧郁的思绪。不一会儿，一个满脸泪痕的小姑娘挤进局促的"粉红眼镜"侦探事务所里——她是住在一楼的阿霞。小家伙一手握着小铲子，一手提着小桶，桶里装满玩沙子的模具。

"有……有人偷走了……沙子……"她结结巴巴地说，"沙坑……沙坑里的沙子。"

乔利侦探惊讶地看着小女孩问道："什么？怎么可能?!"是啊，谁会偷走沙坑里的沙子呢？也许猫咪的主人或是家里有鱼缸的人偶尔会需要少量沙子。可是谁能用得上整个沙坑的沙子呢？

"哦，我知道了！"——只听乔利侦探大喊一声，突然站起身，拔腿就向门外跑去。

　　十几秒钟之后，他已经飞身来到地下室。

　　"您难道不会为此感到羞愧吗？！"乔利先生一边

大口喘着粗气一边愤怒地瞪着马尔特维亚克侦探以及正

在他身旁搅拌水泥和沙子的工人们。

"你什么意思？"马尔特维亚克侦探粗声粗气地反问。

"您居然偷小孩子的东西！"乔利侦探高声斥责道，"亏您还是个侦探！请马上把沙子运回沙坑。"

马尔特维亚克先生狠狠地盯着乔利侦探，那眼神仿佛在说："我们走着瞧吧！"但他最终什么都没说出口，只是无可奈何地耸耸肩，并对工人们嘀咕了几句，让他们想办法从别处弄些沙子来。

在经历此事之后有一点是毋庸置疑的，乔利侦探恐怕很难成为马尔特维亚克侦探的朋友。

乔利侦探为何知道沙坑里沙子的去处，对此你是怎么想的呢？

谜题之三
这简直是耻辱！

    乔利侦探一个箭步冲进楼梯间，并使劲关上身后的楼门。哇哦，可真冷呀！这是今年入秋以来第一个如此寒冷的清晨。看样子是时候该把帽子、围巾和手套都从衣柜里翻腾出来了。

    当乔利先生把手凑近刚热了没几天的散热片取暖时，忽然听见从楼下传来一阵愤怒的声音，那是住在一楼的马耶夫斯卡夫人。

    "这简直是耻辱！"马耶夫斯卡夫人在半掩着的屋门后厉声谴责，"楼里住着两位侦探，可坏人照样为所欲为！"

    乔利侦探闻言深感羞愧，涨红了脸。他来到马耶夫斯卡夫人家门前，清清嗓子，鼓足勇气敲了敲门。

    "请进！"马耶夫斯卡夫人大声喊道。

乔利侦探走进屋子。透过与阳台相连接的玻璃窗，他看到马耶夫斯卡夫人的身影。此时，马耶夫斯卡夫人正背对着房间，面向阳台外，大声地咒骂。

"这帮流氓！"她怒不可遏地说，"就知道搞破坏，毁了所有的东西！为什么要这么干？为什么？！哪怕是直接拿走也好呀，偏不，都糟蹋之后跑掉了，跑得无影无踪……"

"马耶夫斯卡夫人，发生了什么事？"乔利侦探走近发怒的邻居身边询问情况。

"发生了什么，发生了什么……"马耶夫斯卡夫人粗声粗气地回答，"你们就只会问这一句，除此之外什么都不会！您是这样，您的同事，兹马尔拉克也是如此！"

"他叫马尔特维亚克。"乔利侦探更正道，"而且他并不是我的同事！"

　　马耶夫斯卡夫人无所谓地耸了耸肩。

　　"兹马尔拉克也好，马尔特维亚克也罢[①]，其实没有什么区别。"她坚决地说。"都是好样的侦探！甚至连最平常的坏蛋都丝毫不惧怕他们。这里应该是世界上最安全的住宅楼才对！"站在阳台上的马耶夫斯卡夫人挥动手臂指着她所在的这栋房子。

　　站在一旁的乔利侦探到这时才看见，在阳台地上那

_____

[①] 波兰人名无论是兹马尔拉克，还是马尔特维亚克，它们的发音都与波兰语中"死"一词的发音相似。

堆破碎的陶片之间散落着几束菊花，它们的花径被冻在半透明的冰块里。

"那些家伙一定是用石头或者别的什么东西给砸碎的……"马耶夫斯卡夫人低声念叨着，"这些菊花是我昨天才买回的，虽然很便宜，可是多好看呀，买的时候我就在想——清明节快到了①，本想着明天一早去墓地时正好带上，插到老头子墓前的花瓶里——可您看看，那帮坏蛋都干了些什么好事！"

乔利侦探仔细打量地上的碎片，发现那是打碎的花瓶。周围并没有发现任何可疑的石头。

"难道您不感到羞愧吗？！"马耶夫斯卡夫人发难道，"这一切就发生在您的眼皮子底下。当然…… 还有兹马尔拉克侦探……"

"他叫马尔特维亚克"——乔利侦探不由自主地更正道。

"马尔特维亚克，"马耶夫斯卡夫人不以为然地继续说，"刚刚也来过这里，而且他至少向我许诺，说一定会抓住那些坏蛋！可您呢？！就知道在这儿发呆！这算什么侦探呀！"

_____
① 波兰的清明节在 11 月 1 日。

乔利侦探又一次望向阳台，陷入沉思，随即……他咯咯地笑了起来。

"您刚才说马尔特维亚克侦探承诺他会抓住坏人？！"乔利侦探问道，"是吗？我倒想看看他准备抓谁去！"

马耶夫斯卡夫人看上去气呼呼的：侦探抓坏人，这是理所当然的事吧！她还没来得及开口，只见乔利侦探将食指放到唇边，示意自己有话要说。

"夫人，您知道昨天夜里的气温是多少度吗？"随即，乔利侦探自问自答道："零下 8 度！这是入秋以来头一个如此寒冷的夜晚！因此我敢断定，马尔特维亚克先生一定谁也抓不着！因为没有人该为此事受到责备。"

"怎么可能，难不成花瓶是自己碎的？！"马耶夫斯卡夫人叫喊着反驳。

"您说得一点儿没错，花瓶确实是自己碎掉的。"侦探先生笃定地回答。

说完他转身向楼上的事务所走去。

好吧，如果我说这次乔利侦探说得很对，想必谁都不会感到惊讶。那么马耶夫斯卡夫人阳台上用来盛放菊花的花瓶为什么都碎了呢？

谜题之四
是谁弄坏了怀表？

　　乔利侦探正在上楼，朝他那位于老住宅顶层的"粉红眼镜"侦探事务所走去。当经过四楼时，忽然听见一阵孩子们的吵闹声，紧接着是转动门锁的声音——在门被推开的同时，小姑娘祖佳的哭声也随之响彻整个楼梯间。紧跟在祖佳身后的是怒气冲冲的多米尼克——祖佳的哥哥。他比祖佳年长三岁，已经上二年级。

　　"你上哪去呀？！"——多米尼克尖声叫道，"回来！"

　　"我要去找乔利侦探！"哭泣的祖佳高声喊道。她完全没有留意此刻正贴身站在楼梯护栏边上的乔利先生，而是飞快地向楼上跑去。

　　乔利侦探清了清嗓子，扭头看向多米尼克，眼神里充满疑问。多米尼克显得非常吃惊，看来和祖佳一样，他一开始也没有注意到楼梯上这个消瘦的身影。不一会儿，多米尼克眼中的惊讶转变为惊喜——他咧开嘴冲着乔利先生开心地笑了起来。

"您的鼻子真好看！"多米尼克赞赏道。"刚刚我们还谈论到您呢！爸爸说，您根本不是什么侦探，只是个寻常的……"多米尼克的话还没说完，却尴尬地打住了。

"只是个寻常的疯子，对吗？"乔利侦探接过话茬。他叹息道："我知道楼里的大人们是如何评价我的。"

多米尼克对乔利先生的话不置可否。两人陷入短暂的沉默，静静地打量对方。

"好吧，跟我说说你们刚才为了什么事哭闹？"乔利侦探终于开口询问。

"为了一块有纪念意义的表。"当说起这个话题，多米尼克脸上的表情顿时暗淡下来，变得异常沮丧。他解释道："我和爸爸一起搜集各式各样的老古董。昨天，爷爷把一块带表链的老怀表送给我们。您知道，表链就是一种链子……"

"我见过那种带链子的怀表。"乔利侦探中断了他的解释。

多米尼克满脸崇拜地瞄了侦探先生一眼。

"这块怀表以前属于我爷爷的爷爷，"小家伙继续说，"直到昨天它都走得很准，可惜就到昨天！今天祖佳把怀表拿给她的女同学们看过之后就不走了！一定是她们给弄坏的！"多米尼克气得咬住嘴唇。

乔利侦探有些为难地挠了挠头。他真不知道该如何帮助眼前这个小男孩。在他看来，这件事不该来找侦探，而应该去找修表工解决才对。

"问题是，祖佳一直不认错！"多米尼克喊着补充道，"她说自己甚至都没允许同学们碰那块表！这是不可能的，其实她只不过害怕从自己的存钱罐里拿钱去修表罢了！"

"你是想让我证明……"乔利先生话音还没落。

多米尼克抢着说："请您证明这就是祖佳的错。"

"那么祖佳是怎样想的呢……"乔利侦探拖长音询问。

"她想让您证明这不是她的错。"多米尼克不情愿地嘟囔。

乔利侦探看着小男孩，陷入沉思。嗯，这事开始变得有趣起来……

　　“那么那块表在哪儿，能拿出来让我看看吗？”侦探先生询问道。

　　“在祖佳那里，”多米尼克说，“她不愿意还给我。”

　　乔利先生轻叹一口气，转身朝楼上走去。

　　此刻的祖佳坐在"粉红眼镜"侦探事务门前的楼梯上。一见到乔利侦探的身影，她便猛然站起身——可能由于刚才哭得太伤心，现在的她一句话都说不出来。小姑娘默默地从兜里掏出怀表，把它递给乔利侦探。

　　“嗯，就是它呀……”侦探先生接过表，一边翻来调去地仔细研究一边嘟哝，"看看我们能有什么发现呢？"

"这不是我的错！"祖佳难过地辩解，"肯定是多米尼克干的，现在他想怪到我头上。"

乔利侦探把怀表拿到耳边仔细地听。

大约半分钟之后，侦探先生开口说道："这并不是多米尼克的错。"随后，他微笑地看着祖佳补充道："这也不是你的错。"

"那么到底是谁弄坏了怀表呢？"祖佳诧异地问，"难道是爸爸？"

"我有说过怀表坏了吗？"侦探先生笑起来，"如果我真的这么说过，那一定是撒谎了，因为这块表根本就没问题。只不过以前的表和我们现在戴的装电池的表不一样……难道爷爷没有告诉你们吗？"

乔利侦探说得没错。那块怀表既不是祖佳也不是多米尼克弄坏的，更没有理由去怀疑爸爸。那么你知道到底是怎么回事吗？

谜题之五
哪儿来的森林？

即便时常一连好几个星期都没人光顾乔利侦探的"粉红眼镜"侦探事务所，他仍然是世界上最棒的侦探（至少孩子们是这么想的）。面对如此惨淡的生意，假如换作别人早就该怀疑自己作为侦探存在的意义，然而乔利侦探，噢噢，他不会！当这种不得已的无所事事开始强烈折磨他的时候，当他受够了过分留意门外木质楼梯上的脚步声的时候，当他感到自己即将无聊得要死的时候，乔利侦探就会扮演成乔利客户的角色，亲自上门委托乔利先生——也就是他自己，请他帮忙解开折磨人的谜题。

以前如此，这一次也不例外。

"我都快要睡着了……"乔利侦探没精打采地打了个哈欠，缓慢踱步到那扇装在倾斜屋顶上的小天窗边，静静地发了一阵呆。随后，他迅速戴上帽子，走出"粉红眼镜"侦探事务所，身份转变为乔利客户。

"有人在吗？"乔利客户一边敲门一边高声问。

"请进！"乔利侦探高声回答。

作为客户的乔利先生推门走进屋里，站在一张小圆桌前。假如是乔利侦探，他通常会坐在桌子上面。

"你好，"乔利客户轻声问，"我能占用您一点时间吗？"

还没来得及听见回答，乔利客户一屁股坐到小桌子上，他的角色瞬间转换为乔利侦探。

"当然"，乔利侦探回答，"我能帮您做些什么吗？"

他边说边起身离开小圆桌，走到门边，又变回委托人的身份。

"这个……"乔利客户有些犹豫不决，"这事有些尴尬，让人难以启齿……"

说完他便跳向小桌子，再

次转变为乔利侦探。

"没事，您大胆说，"侦探先生高声保证，"我一定替您保守秘密。您跟我说的话决不会有第三个人知道。"

这时，乔利客户又出现在侦探事务所门口。

"您看……"他有些尴尬地说，"我感觉自己疯了……"

话音刚落，他就迅速坐到象棋桌边，转换为侦探的身份。

"您疯了？"吃惊的乔利侦探问道，"我并不这么觉得啊。"

"唉，可惜实际情况确实如此，"乔利客户沉重地叹了一口气，"至少我自己是这么认为的。"

"您有什么症状吗？"乔利侦探警惕地皱起眉毛。

"比如错觉……"身为委托人的乔利轻声回答。"或者换种说法，感觉眼前时常出现幻觉。刚才，当我望向窗外的时候，我感觉自己看见了森林——在住宅楼旁的街道上居然长出一片森林。这应该是不可能的事，对吧？

乔利侦探用他那锐利的目光上下打量自己的客户，然后站起身朝窗边走去。

"嗯……"从声音能听出乔利侦探正在思考。"今天几号了？"他问道。

"12 月 19 日。"乔利客户马上回答。

"您看到的森林是……"侦探先生拖长音继续问："是落叶林，还是针叶林呢？"

"毫无疑问是针叶林。"

乔利侦探挠了挠头，然后郑重其事地宣布：

"我有个好消息要告诉您！您并没疯，您百分之百是健康的。"

"真的吗？！"乔利客户高兴地喊起来。

随后，他开心地跳到乔利侦探面前，使劲亲吻侦探先生的双颊。乔利客户此时不再继续提问，而是转身跑出侦探事务所。

"嘿……"被他的举动惊呆了的乔利侦探大声喊道，"您还没付钱呢？！"

等他追到门口的走廊时，却连一个人影都没见到。

"哦，不！"乔利侦探生气地低吼，"又是一个不付钱的客户！"

他长长地叹了一口气，无可奈何地回到办公室。

乔利侦探说得没错，乔利客户即便看到街道上长出森林，他也确实没有疯。为什么侦探先生能对此如此确信，你是怎么想的呢？

谜题之六
谁想惹恼米泰克先生？

　　虽然乔利侦探解决过不少难题，可是有一个非常简单的问题时常困扰他，始终无法找到答案，这个问题就是：他的侦探事务所什么时候能接到下一个委托呢？他什么时候才能和下一个谜题一决高下呢？换句话说，何时才能结束这种无所事事的状态，开始挣些生活费呢？即便是像乔利侦探那么瘦的人，也需要时不时地吃点东西呀。我们每个人都知道，当你身无分文的时候，恐怕无法买回任何东西。在过去的好几个星期里，没有一个人光顾"粉红眼镜"侦探事务所。甚至连时常造访的孩子们都销声匿迹了（虽然孩子们不会为乔利侦探所提供的帮助支付半分钱，但他们至少会拿来一些糖果和巧克力！）。三月里某天晚上，侦探事务所终于响起敲门声，确切地说是捶门的声音，响亮而猛烈。我们不难想象出，此时乔利侦探是多么地开心和激动啊。门很快被打开，门卫米泰克先生正气喘吁吁地站在门口。

"您快帮帮我！"米泰克先生紧紧攥着雪铲的木手柄以支撑住身体，他一边摇着头一边哭诉，"我实在受不了那帮捣蛋鬼啦！"

乔利侦探吃惊地看向他。米泰克先生，一位永远忙碌的胡子先生，他是乔利侦探的办公室所在住宅楼的看门人，楼里的每位住户都认识他。作为一个喜好安静和整齐的人，米泰克先生很少以现在这副形象示人。

　　"他们肯定是故意的！"米泰克先生控诉道，"这些天以来，我一直在很辛苦地铲雪，清扫人行道，将积雪堆放在一旁，眼看马上就要弄好的时候，我只是回了趟屋而已，出来之后却发现雪被撒得到处都是！"

　　"可您怎么能确定是孩子们干的呢？"乔利侦探不解地问，"毕竟现在是冬天，所以时常有雪花飘落，这也没什么好奇怪的……"

　　"那时正好没下雪！"米泰克先生忍不住打断乔利侦探的话，"您难道没有留意吗？！最近这一个星期连一片雪花都没下！即便是真的下过雪，那也应该是均匀地覆盖一层，对吧？而不是这里一点，那里一堆！简直都快把人给逼疯了！"

　　乔利侦探透过窗户放眼望去。确实如此，最近几天都没有下雪。只见不远处屋顶上的排水凹槽里不时有浑浊的水珠滴落。树木也脱下了厚重的雪袍，浑身轻松。虽然此刻窗外暮色初降，乔利侦探仍能毫不费力地辨识出坐落在附近的一所幼儿园。最近，白天日渐变长。看样子冬天即将离去。

"您刚才说的'到处是雪'……"乔利侦探突然问道，"指的是咱们住宅楼外墙附近吗？"

"对，没错……"米泰克先生不解地眨着眼，"这有什么关系吗？"

乔利侦探看了一眼在幼儿园倾斜的屋顶上一块块零散分部的白色积雪，不禁笑了起来。这时，只见其中一个雪块沿着屋檐向下滑落。

"这并不是孩子们的恶作剧，"乔利侦探说，"只不过是春天快要来了。"

当米泰克先生想责怪孩子们恶作剧的时候，乔利侦探很坚决地予以否认，他认为"罪魁祸首"是即将到来的春天。侦探先生为何能如此肯定，你是怎么想的呢？

谜题之七
37.5 度！

　　这天一大早，乔利侦探试图用电动水壶烧水沏茶，可惜这并不是件容易的事。首先要面对的问题是他的电烧水壶早在半年前就坏掉了。其次，住宅楼里恰巧在这一天停止了供暖。

　　想必很快会有读者感到诧异："停止供暖和烧开水分明是风马牛不相及的两件事，它们之间有什么关联吗？"

　　哦，有，当然有啦。

　　众所周知，乔利侦探能自如地应付各种状况。几个月前，当发现烧水壶里的水即便是烧上两个多星期依旧是凉的时也丝毫不担心（就像许多人遇到这种情形时一样，即便是马尔特维亚克），他只是果断决定将烧水壶放到了烫手的暖气片上。乔利侦探就这样用暖气把壶里的水"烧"热，并且只用了三个小时。水并没有烧得很热，所以无法泡出浓酽的茶，好在乔利侦探并不喜欢喝浓茶。对他来说，用温水泡出的清淡茶水丝毫不比滚烫开水所沏泡出的浓茶逊色。再说，自从电水壶坏掉之后，他还不知省下了多少电费呢！哦，哦，这数额简直难以估量！可惜的是春天即将到来，随着气温回升，停止了供暖，乔利侦探不得不另想办法来解决烧水的问题。

"或许可以把烧水壶放到阳光下？"乔利侦探一边喃喃自语一边在"粉红眼镜"侦探事务所里来回踱着步子。"再或者可以像量体温那样把它夹在胳肢窝里？假如用这个方法能把水温加热到 36 度，那就太好啦！"

经过一番深思熟虑，乔利侦探最终还是打消了这个念头，毕竟花好几个小时用胳肢窝来"烧"水这画面并不是那么吸引人。再说，他已经许诺祖佳和多米尼克的父母，时不时抽身去照看一下独自呆在四楼的兄妹二人。孩子们的父亲出差去了克拉科夫，两天后回来，他们的母亲今天也很晚才能回家，而乔利侦探是唯一能帮忙照顾他们的人。首先因为孩子们都很喜欢他；其次，乔利侦探几乎一直都呆在住宅楼里。倘若真的发生什么状况，祖佳和多米尼克总能跑上楼去找他，乔利侦探也可以随时沿着咯吱作响的木质楼梯下楼去查看他们的情况……可是如果下楼的时候在腋下夹个烧水壶，恐怕不会太舒服。

乔利侦探想到这儿叹了口气，将手里的电动烧水壶放到一边，然后走出了"粉红眼镜"侦探事务所。

乔利先生吃惊地发现，怒气冲冲的马尔特维亚克侦探正站在兄妹二人家门口，一遍又一遍地使劲捶着门。他那咬牙切齿的表情仿佛要把谁给碎尸万段似的。

"您这是在干什么？"乔利侦探问道。

马尔特维亚克侦探用他那双充血的眼睛瞥了乔利先生一眼，不屑地撇撇嘴，似乎想破口大骂，但最终还是忍住了。他耸了耸肩，继续着刚才那疯狂的敲门动作。门的另一边不时传出窸窣的声音，却始终没人开门。

"我在问您呢，这是在干什么呀？！"乔利侦探一边重复自己的问题一边上前抓住马尔特维亚克那只不停砸门的手。

"哦，不，快把你的爪子给我拿开！"马尔特维亚克喊道，并将手挣脱了出来。"这不关你的事，还是少管点闲事吧！"

"这次碰巧关我的事！"乔利侦探边高声回答边挡在门和马尔特维亚克之间，"孩子们的父母委托我照看

他们！"

　　马尔特维亚克侦探举起拳头，不知是想继续捶门还是想揍乔利侦探。这时，住在对门的莱查伊女士，一位语文老师①，探出身子向外观望。自从被马尔特维亚克指控偷花那一刻起，莱查伊女士就打心眼里无法忍受他。

　　此时的马尔特维亚克放下拳头并咕哝道："你把他们照顾得还真是不错呀！不知这两个捣蛋鬼中的哪一个

---

① 原文是教授波兰语的老师。

刚才一直在我的办公室窗边疯跑！还不停地在泥坑里跳来跳去，溅了我满满一窗户的泥浆，现在倒好，这两个家伙谁都不肯认错……赶紧开门！"马尔特维亚克使劲伸头越过乔利侦探的肩，朝紧闭的大门高声喊叫。

"您别再大嚷大叫的了，难不成想让我报警吗？！"莱查伊女士生气地说，"假如我是孩子们，看见您这样的人站在门口，我也不会开门的！"

"哟，哟，哟，瞧瞧她，还真是善解人意呀！"马尔特维亚克讽刺道，可当他看到乔利侦探那紧绷的写满警告的表情，只好无奈地耸耸肩，含含糊糊地嘟囔了一句，转身朝地下室走去。

直到马尔特维亚克的脚步声渐渐远去，祖佳和多米尼克才有勇气出现在大家面前。

"你们说说，刚才到底是谁在泥坑里跑来跑去？"乔利侦探开门见山地问。

兄妹二人心虚地瞄了对方一眼，可谁都不吭声。

"难道你们俩都去了？"乔利侦探继续追问。

祖佳和多米尼克同时摇摇头。

"嗯，那就是你们其中的一个人干的……"乔利侦探若有所思地看着兄妹二人的脚丫出神。祖佳的连裤袜和多尼米克的袜子看上去不像是湿的，但他们有可能已经换过了，不是吗？

"好吧，你们不想说我就不问，可我同样有办法知道到底是怎么回事。能跟您借个体温计吗？"乔利侦探转身请求莱查伊女士，随即又看着孩子们，"你们也去找个体温计来，一共需要两个。"

过了一会儿，在乔利侦探的注视下，祖佳和多米尼克二人乖乖地夹上体温计。几分钟后，答案即将揭晓。

"36.6 度，"乔利侦探取出祖佳腋下的体温计后点点头，"很好，健康得像一头小牛犊。那么你呢？"乔利侦探边说边转向多米尼克。"哇呜！……"他惊叹道，"37.5 度！没错，你发烧了，温度还不低呢！看来，我们已经知道刚才到底是谁在水坑里踩来踩去了，我说得对吗？"

无可奈何的多米尼克缓缓地点了下头。有那么一瞬间他在犹豫，自己是否应该飞速跑去卫生间好把那些难喝的感冒药给藏起来，但最终他还是选择放弃。毕竟在乔利侦探面前是没法耍滑头的！

乔利侦探如何断定在水坑里跑来跑去的是多米尼克，而并非祖佳，对此你是怎么想的呢？

谜题之八
这里为什么变暗了？！

　　当被住在一楼的马耶夫斯卡夫人拦下说话时，乔利侦探刚刚从外面散完步回来。马耶夫斯卡夫人的脸上阴雨密布，与时下明媚的春光实在不搭调，以至于让乔利侦探在一瞬间产生寒冬复至的错觉。可现在不是这季节吧？！

　　马耶夫斯卡夫人谨慎地环顾四周后，凑到乔利侦探的耳边，轻声道："马尔特维亚克想谋害我……"

　　侦探先生听得瞠目结舌。他和马尔特维亚克确实不太合得来（其中最直接的原因就是马尔特维亚克的"悲观者"侦探事务所抢了他的"粉红眼镜"侦探事务所不少的生意），但如果说马尔特维亚克有意害马耶夫斯卡夫人的性命，无论如何乔利侦探也不相信他会这么做。毕竟他毫无动机，不是吗？

"他觊觎我的房子，"马耶夫斯卡夫人接着解释，"从去年冬天起，他就一直劝我把房子卖给他。他说：'对于一个办公室来说，地下室的空间实在太小。'可我根本不想搬到其他地方去住！要知道我都在这儿住了三十年！再说，不久前我刚在窗前种下两棵树苗，它们长得越来越好看。假如我现在考虑搬走的话，这也太不明智了……"

乔利侦探打量着马耶夫斯卡夫人，眼神里充满疑惑。

"马尔特维亚克可能决心毒害我，"马耶夫斯卡夫人继续控诉道，"看样子，他准备往我的屋子里放毒气。

毕竟他的办公室正好在我家楼下，所以在房顶上凿个小洞应该不成问题，您说是吧？"

乔利侦探礼节性地清了清嗓子作为回应。他的脑海里浮现出马尔特维亚克在自己房顶上凿洞的画面，这实在是太滑稽了，他差点没忍住笑出声来。

"马尔特维亚克一定是通过这个洞来释放某种气体。"马耶夫斯卡夫人越说越激动，"目前虽然还没有发现什么，但是我肯定能找到证据。到那时……"

"您怎么知道，一定是某种气体呢？"乔利侦探打断了她的话，"难道您闻到了奇怪的气味吗？"

"什么呀？！"马耶夫斯卡夫人难以置信地看向乔利侦探，"马尔特维亚克不会那么傻吧！他当然会选择没味道的气体啦！但是我已经注意到，只要在屋子里我的视力就会下降。总感觉屋里光线很暗。到院子里就没有这种感觉，因为那儿没有毒气呀！而屋里就有，这太显而易见了！这种糟糕的感觉一天比一天严重！"

听完她的话，乔利侦探长长地舒了一口气。

"您新种的那两棵树离您家的窗户远吗？"侦探先生开口问道。

"不远，"马耶夫斯卡夫人不情愿地回应道，"这有什么关系吗？"

"有，当然有关系。"乔利侦探瞥了一眼草地，草地上零星点缀着不久前才盛开的花朵。"两三个星期之后，您的屋子里会变得更暗。可是您不能因此而指控马尔特维亚克先生，因为罪魁祸首并不是他，而是……春天！"

乔利侦探这一次又说得很在理。你知道为什么两三个星期之后马耶夫斯卡夫人屋里会变得比现在更暗一些吗？

谜题之九
有问题的水果！

　　乔利侦探很少会感到无聊，即便是没有任何谜题可解的时候也是如此。

　　那么侦探先生在空闲时间会做些什么呢？

　　哦，有不少事可做呢！比如照顾仙人掌，可以毫不夸张地说，那盆仙人掌是小小"粉红眼镜"侦探事务所里唯一的装饰。乔利侦探如此费尽心思地照看它，因为它还是侦探先生唯一的武器，当与罪犯搏斗时经常会用到——谁也数不清，这盆仙人掌曾经多少次解救乔利侦探于危难之中。

　　除此之外，乔利侦探在工作之余还有哪些爱好呢？

　　他热衷于下国际象棋。当你到"粉红眼镜"侦探事物所做客时，首先映入眼帘的家具便是那张带国际象棋盘面的小圆桌。侦探先生超级热爱在棋盘上排兵布阵，然后自己同自己对弈，奋力厮杀，一决高下。可惜的是那套国际象棋早已残缺不全，他不得不用巧克力来替代一些遗失的棋子。幸好乔利侦探那儿从来都不缺巧克力，由于他经常帮助孩子们解决各种难题，无力支付的他们总会用各种甜食来表达谢意。

然而巧克力棋子有不少缺点。首当其冲的便是让人发胖，尤其容易长肚子，要知道"粉红眼镜"事务所的空间相当狭小，乔利侦探哪怕只长胖两公斤，都将无法容身。其次，吃完巧克力需要刷牙，不然牙齿会坏掉——作为一名侦探怎么可以时常牙疼呢，对不对？第三，类似情形发生过好几次——棋局旁的乔利侦探边思考边吃巧克力，一个接着一个，等他意识到的时候，发现自己这方的棋子有一半已经下了肚，其中包括皇后，而对方的国王也不见了踪影，剩下的残局已无法继续对战，更无从判定到底哪方的乔利侦探占得上风（前文中我们曾提到乔利侦探时常自己同自己对弈）。由此可见，巧克力显然不是替代国际象棋棋子的最佳选择，但在想出更好的办法以前，乔利侦探只能将自己的肚子、牙齿和意志力置身于风险之中。

在履行自己作为侦探的职责之外，我们的乔利侦探还喜欢做些什么事呢？

无论是……

稍等，稍等，此刻我们不得不中断对侦探先生喜好的列举，因为你听，"粉红眼镜"侦探事务所里传来急切而执着的敲门声。看来现在并非闲聊的最佳时机，使命正在召唤！

"请进！"乔利侦探一面高声应答，一面迅速地将两块杏仁巧克力塞进嘴里。实际上他抓起的是一块巧克力和一颗棋子，由于太着急，误把一颗真正的木质国际象棋棋子当成了巧克力。

侦探事务所的门打开了，站在门口的是住在一楼的马耶夫斯卡夫人，她面色苍白。

"救救我！……"马耶夫斯卡夫人呻吟道，"马尔特维亚克又想毒害我！"

"为什么是'又想'？"乔利侦探感到十分不解，"上次明明不是马尔特维亚克想害您，只不过您自己那样认为罢了。"

但马耶夫斯卡夫人对侦探的话置若罔闻，她将沉重的身体倚靠在门框上，并不停地用手揉着肚子。

"他确实想毒害我……"马耶夫斯卡夫人抱怨道，

"恐怕这次他如愿以偿了。因为有住在四楼的两个小鬼给他帮忙。"

"祖佳和多米尼克吗？！"乔利侦探很是惊讶。

"对。"马耶夫斯卡夫人喘息着回答，"他们俩和马尔特维亚克合谋害我。他们给我吃有毒的葡萄。"

乔利侦探简直无法相信自己的耳朵。祖佳与多米尼克跟马尔特维亚克合谋？！这怎么可能！

"请您在我这儿稍坐一会！"乔利侦探边说边跑出了办公室，"我很快就会弄明白到底是怎么回事！"

祖佳和多米尼克正在院子里晾晒地垫的金属架边玩耍。此刻，他们玩得并不像往常那样开心，两人只是面无表情地站金属架旁。多米尼克的手里拿着一串快吃完的葡萄。祖佳的脸色有些发白，不时焦急地并拢双腿。

"你们吃的葡萄是从哪来的？！"乔利侦探大声问，"是马尔特维亚克给的吗？！"

"什么？"多米尼克满脸诧异地看着乔利侦探，"难道您什么时候见到过马尔特维亚克给别人葡萄吗？"

"如果不是他给的，那是从哪儿来的呢？"乔利侦探继续追问。

"从市场买来的……"祖佳嘟囔道。

　　乔利侦探拿过多米尼克手里的那串葡萄仔细观察。只是普通的葡萄而已——没什么可值得怀疑的。一定有不对劲的地方，可问题是到底哪儿不对呢？！

　　"你们是什么时候去买的葡萄？"乔利侦探突然发问。

　　"嗯，刚买回的。"多米尼克一边回答一边捂住肚子，"大概十分钟以前吧。"

　　"从市场回来后，你们回过家吗？"侦探先生继续问，"我猜应该还没回去吧？"

　　"还没有。"祖佳呻吟着回答，"但是现在我恐怕必须得回去一趟，因为……"她的话还没说完，就转身朝楼里跑去。

"你感觉还好吗？"乔利侦探询问多米尼克。

"还不算太糟。"小家伙没精打采地回答。"抱歉……我能借用一下您的卫生间吗？我想祖佳现在一定不会让我进去的……"

乔利侦探清了清嗓子，以掩饰自己此刻忍不住发笑的冲动。

"想必马耶夫斯卡夫人正占用我的卫生间呢。"侦探先生说，"但你可以上楼看看，我现在去药店买些活性碳回来。"

说完便转身离开了。

同乔利侦探猜测的一样，这次马尔特维亚克的确是无辜的。并非他和孩子们企图毒害马耶夫斯卡夫人，其实谁都没有这个打算。那到底是怎么回事？乔利侦探为什么要去药店买活性碳呢？

谜题之十
为什么会变白呢？！

　　这天一早，乔利侦探就开始流鼻涕。接二连三的喷嚏，没完没了的鼻涕——他受够了这一切。真奇怪，怎么会在如此风和日丽的五月中旬患上感冒呢？！

　　当他又一次抽取纸巾擤鼻涕的时候，忽然听见传来敲门声。

　　"请进！"乔利侦探大声回应。

　　门被推开。住在一楼的小姑娘阿霞正站在门外，她看上去似乎有些担惊受怕。

　　"你怎么了？"乔利侦探问道。

　　"米泰克先生一定会生气的……"阿霞吞吞吐吐地回答。

　　乔利侦探诧异地打量着小姑娘。哦，到底是怎么回事呢？！

"我真的不希望这样，我不是想要下雪。"阿霞急切地解释，"我并不是不喜欢春天！我喜欢！只是我更喜欢夏天一些，因为夏天的时候可以去游泳！我还喜欢冬天，因为那时可以滑雪橇！但是我也喜欢春天，真的！可是春天走了！"阿霞突然开始嚎啕大哭。

乔利侦探目瞪口呆地看着伤心的小姑娘，有一阵子甚至都忽略了自己那恼人的鼻涕。

"老实说，我并没有太听明白你在说什么。"侦探先生终于轻声表达了自己的疑问。

"昨天……在院子里……"阿霞止不住抽泣起来，"我们在讨论……关于……季节……"阿霞结结巴巴地向乔利侦探讲述事情的原委。

原来，阿霞、多米尼克和祖佳三人昨天在探讨四季中哪个季节最棒时发生争论。他们谁也说服不了谁，最终决定通过抓阄来选择，结果是冬季。于是三个小家伙开始施魔法召唤冬天。住宅楼的看门人——米泰克先生正好听见了谈话，走过去告诉他们自己讨厌冬天，因为那时他需要不停地清扫人行道上的积雪。今天清早，阿霞起床后放眼向窗外望去，结果被吓了一跳，院子里满地雪白。看样子他们的魔法似乎奏效了，春天被激怒，生气地离去。这一切必定是因为她——阿霞，因为在施魔法的时候就数她最卖力。

乔利侦探一言不发地站起身，经过阿霞身边向下走了半层楼，来到窗边向外张望。果然，院子里的地面变成白茫茫的一片，仿佛盖上一层白色的毛毯。看门人米泰克先生此刻站在杨树下，脸上恼怒的表情一目了然。

乔利侦探咯咯地笑起来。

"好吧，至少现在我明白自己为什么会突然流鼻涕。"过了一会，乔利侦探喃喃自语道："昨天夜里一

定刮了很大的风。"

阿霞满眼疑惑地看着侦探先生。

"这一切都是因为我，对吗？"她问道。

"不。"乔利侦探摇摇头。

"那会是因为谁？"阿霞感到很奇怪，"难道跟祖佳或者多米尼克有关？"

"也不是。"乔利侦探将手伸进裤兜里掏出餐巾纸，"这都得怪杨树。"

"怪杨树？！"听完侦探先生的话阿霞很是意外，"难道杨树也懂得如何施魔法？"

乔利侦探并没有回答，传入阿霞耳中的只是一阵喷嚏声。

杨树当然不会施魔法——至少不会施魔法召唤冬天。其实想把周围变成白色不一定要会施魔法。你知道这是为什么吗？

谜题之十一
米泰克先生的衣服是怎么回事？！

很少有成年人请乔利侦探去帮忙解决难题，假如真的有人来寻求帮助，想必我们英勇无畏的故事主角准会在接受委托后的十多分钟里欣喜得忘乎所以，难以平静。唯有当出现在"粉红眼镜"侦探事务所的委托人是米泰克先生时除外。和蔼可亲的米泰克先生是住宅楼和院落的看护者，曾多次向乔利侦探求助——他们对此都已习以为常。

"遇到什么问题了吗？"乔利侦探打开门问道。

米泰克先生清楚地知道事务所里的布局是多么紧凑，他甚至都不打算尝试往屋里挤。更糟糕的是，最近把身体塞进任何地方对他来说都是不小的挑战——特别是把自己塞进裤子里。

"恐怕……"米泰克先生边说边擦去额头上的汗，

"恐怕有人在跟我恶作剧呢。"

乔利侦探仔细地打量米泰克先生。他看上去明显无法耐受六月的炎热，整个人汗流浃背，显得很脏，一只手不停地将大把的薯片塞进嘴里，他的举动显露了他内心的紧张和不安。除此之外，乔利侦探觉得米泰克先生看上去显得有些浮肿，或许是过敏反应的症状。亦或这一切只不过是他的错觉而已？

"什么恶作剧？"乔利侦探饶有兴趣地问。

"我不，不知道该怎么说，"两颊绯红的米泰克先生嘟囔道，"我的衣服出了些问题。一开始以为是妻子和我开玩笑呢，可并不是她，她不是个爱开玩笑的人。我也不知道，别人会怎么看这事……"

米泰克先生陷入沉默，过了一会儿，或许是试图掩饰内心的不安，他又狼吞虎咽地吃了些薯片。

"衣服出了什么问题？"乔利侦探追问。

"嗯……"米泰克先生不住地点头，"天气渐渐暖和起来，我想是时候该收拾出夏季的衣服，于是都翻了出来，可当看到这些衣服的时候……我发现它们全被变得太小了！好像有人故意把我的衬衣、裤子，甚至连游泳衣都给改小了，所有的衣服都是！这也太让人绝望啦！"米泰克先生边说边咂巴嘴，并把装薯片的空包装袋给揉成了团。

乔利侦探十分诧异地看着他，说道：

"要知道我是侦探，不是裁缝。我可没办法替你把裤子改大！"

"但您能帮我找到答案，"米泰克先生毫不气馁地回答，"到底是谁那么不怕麻烦，居然把我所有夏天穿的衣服都改小了，他为什么要这么做呢？！这或许只是

个恶作剧，或许是……"米泰克先生陷入沉思。

"是什么？"乔利先生催促道。

"或许是个警告。"脸色苍白的看门人突然压低声音回答。

乔利侦探再一次认真地打量米泰克先生，随即忍不住爆发出一通大笑。

"您这是干什么，"感觉自己被冒犯的米泰克先生用力咳了一声，"要知道我总是维护您，说您并不像其他人认为的那样是个疯子。"

"抱歉！"乔利侦探有些费力地回答，"我实在没控制住自己。这都是因为高兴！只不过……我已经解开了您的难题。"

乔利侦探的高效让米泰克先生感到出乎意料。

"不会吧，"随即他深深地叹了口气，"所以怎么回事，到底是恶作剧还是警告呢？！"

"应当是警告。"乔利侦探说。

"我就知道是这样！"米泰克先生急切地喊道，"既然有人在警告我！那么他是谁呢？！"

"我认为，是您自己。"乔利侦探回答，"应该是您的身体在给您发出警告。"

两人一时间陷入沉默。

米泰克先生不可置信地看向乔利侦探，那表情仿佛在说"你疯了吧"。

乔利侦探假装没看见，问道："您的牙齿疼吗？"

"是啊。"米泰克先生谨慎地回答。

"您看吧！"看上去乔利侦探对自己的推测很满意。"您再多吃些薯片，就不仅仅是所有的衣服变小啦，没准您还会掉几颗牙。祝您好胃口！"

乔利侦探说完出发去市场买苹果，只留下惊讶的米泰克先生在原地发呆。

乔利侦探为何确信没人跟米泰克先生恶作剧呢？牙疼和薯片有关吗？想必你已经知道答案了，对吗？

谜题之十二
谁弄破了充满气的球？！

在沙滩上我们依据什么能迅速辨认出乔利侦探呢？当然是他那从不离身的放大镜啦。即便是在游泳的时候，乔利侦探也不愿和他的放大镜分开哪怕半秒。放大镜的用途特别广泛，因此侦探先生格外离不开它。首先，可以用放大镜自如地推开海水里随处可见的水母。其次，水中的小鲱鱼透过放大镜看上去瞬间变成大鲨鱼的模样，有它们在身后追逐，会让每一次下海游泳都变成刺激非凡的冒险经历。第三，在有需要的时候，还可以拿放大镜当作船桨。乔利侦探超级喜欢躺在充满气的游泳圈里，用放大镜顽强地划着水，左边一下，右边一下。当他在水面转圈时仿佛坐上旋转木马似的，这为他带去无限的欢乐。

还有一个重要的原因让乔利侦探去沙滩时也会带上

放大镜。那就是——所有人能通过放大镜知晓：乔利先生是一位真正的侦探。好吧，并非所有人都这么想……那些大人们总认为他简直有些精神失常。但在小朋友们的眼中，乔利先生就是名副其实的侦探，这一点毋庸置疑。因此每当需要帮助的时候，小家伙们就会毫不犹豫地向他求助。一直以来都是如此，这一次也不例外。

"我有个任务需要交给您……"一个小男孩走到小沙坑边，对躺在那里享受日光浴的乔利侦探轻声耳语，"应该抓住这个危险的、可恶的罪犯。"

乔利侦探睁开眼睛，饶有兴致地看着小男孩。"危险的、可恶的罪犯"——这正是乔利侦探期待已久的挑战！

"我不知道他长什么样……"小家伙一边小声说一边担心地向四周张望，"有可能他会隐身。他总是悄悄地接近充气玩具，然后把它们给扎破！游泳圈，充气小船，所有充气玩具都不放过！他已经弄破了我的两个沙滩球！噢，您看见了吧？我爸爸刚去帮我买回了第三个。"

顺着小男孩指的方向，乔利侦探看到一个身材臃肿的男人，他正费劲地走在沙滩上，一边走一边卖力地给手里的彩色塑料球吹气。他此刻浑身是汗、满脸通红，

恐怕不适宜继续在阳光下暴晒。

　　"您能抓到那个坏蛋吗？……"小男孩满怀期待地看向乔利侦探，"爸爸肯定不会再去帮我买第四个球了。"

　　乔利侦探坐起身，仔细环顾四周。刚才那位身材臃肿的男人已经躺在毯子上，身边放着一个充满气的球。四周一片欢乐的喧闹声，很难相信有危险的罪犯正潜伏在附近。但生活中充满太多的出人意料。乔利侦探皱了皱眉，似乎想起什么。这时……

只听见"砰！！！"的一声，乔利侦探的游泳圈发出巨响。

"他就在这里！"小男孩尖声叫道，"应该把他抓起来！"

可乔利侦探一动不动地坐着并未起身，他叹了一口气，有些难过地看着漏了气的游泳圈。他抓起放大镜，仔细地检查游泳圈上跑气的地方。

"看来我必须把太阳给抓起来。"乔利侦探低声嘟囔。

"您要抓谁？"小男孩感到很诧异。

"太阳。"乔利侦探重复道，"弄破球的罪魁祸首是太阳！"

小男孩吃惊地张大嘴。有那么一瞬间，他认为乔利侦探一定是疯了。但乔利侦探从不犯错，这次也是如此……

乔利侦探认为，太阳就是那个神秘的罪犯，正是它弄破了沙滩上的充气玩具。对此，你是怎么看的呢？

是谁弄坏了风筝？！

　　度假对于乔利侦探来说只是名义上的休息。由于生活中到处潜藏着无比神秘的事物和耐人寻味的谜题，所以无论他身在何处，都感觉自己有工作在身。正因为如此，每当乔利侦探去露营时都会带上写有"粉红眼镜侦探事务所"的标牌（这个牌子平时总悬挂在小小侦探事务所的门口）。除了标牌，乔利侦探还会带上一把折叠式钓鱼椅（办公室里一共有两把，他会带上其中一把），一个电动烧水壶（就是已经坏掉的那个——其实在野外露营时即便带上完好的电水壶也是浪费），一个桌面画着国际象棋棋盘的小圆桌（为了避免遗失，他并没有带棋子）以及一盆仙人掌（乔利侦探除此之外再没有别的武器）。

　　也许有些人会问，乔利侦探为什么要把办公室里几乎全部的家当都带上呢？答案其实很简单。因为侦探先生位于阁楼上的事务所并不比帐篷宽敞多少，里面原本就没有多少东西。再说带着它们，这样乔利先生无论走到哪里都有家的感觉。人们常说，金窝银窝不如自己的狗窝，不是吗？

乔利侦探这次是在湖边度假。他在一片露营营地上支起自己的小帐篷，然后将小圆桌摆在帐篷中间，桌边放一把折叠式钓鱼椅，烧水壶挨着椅子，椅子旁边是那盆仙人掌（仙人掌最好还是放在触手可及的地方）。乔利侦探把写着"粉红眼镜侦探事务所"的牌子挂到帐篷的门帘旁边。随着一切布置妥当，侦探先生也准备开启度假模式。现在他所需要做的就是耐心等待意外事件的发生。

实际上，乔利侦探并不需要等太久。

"这是谁干的呀？！"一早，乔利侦探就被一个小男孩尖利的叫喊声吵醒。

乔利侦探静静地从帐篷里向外张望。为了以防万一他随手抱起那盆仙人掌，这举动未免也太过于谨慎，毕竟他目前并没有受到任何威胁。离帐篷几米开外有一栋平房，那里住着来参加夏令营的孩子们。乔利侦探看见有个小男孩跪在房子边不远处的草地上。即使从侦探先生这儿望过去，也能看出孩子的眼里盈满泪水。在小男孩面前放着一样东西，好像是风筝。

"发生了什么事？"乔利侦探一边高声询问一边费力地从帐篷里钻出来。

"我的风筝……"小男孩抽泣起来，"我可是花了整整一晚上的时间才做好这个风筝！用很轻的小木条

和很薄的纸！风筝比赛就在今天！可您看，风筝上都是水！一定是有人故意弄湿的，还给撕破了！我听见昨天晚上根本没下雨！呜呜，您看这儿有个洞……，还有这儿……在这个洞的边上……"小男孩显得十分沮丧。

眼前的景象让乔利侦探不禁皱起眉头。嗯，真奇怪！

"如果让我逮到这个可恶的家伙……"小男孩突然生气地大喊起来，"我一定会……"

"嘘……"乔利侦探把食指放到唇边，示意小家伙静下来。随后，他微微一笑说："我知道这是谁干的。我看这得怪你自己！"

乔利侦探的话搞得小男孩瞠目结舌。半响才问道：

"您弄错了吧，怎么可能是我故意弄湿自己的风筝呢？！"

"谁都没有弄湿你的风筝。"乔利侦探耸耸肩，"只不过昨夜有人没把风筝拿进屋子里放好。这就足够了。"

你知道是什么原因导致风筝在早上变湿吗？

谜题之十四
嗷鸣，真烫！

　　乔利侦探以复杂的心情关注着院子里从某一刻开始发生的一系列变化。值得一提的是，这些变化都与积极活跃的马尔特维亚克侦探有关。这几天，"粉红眼镜"侦探事务所强劲的竞争对手——"悲观者"侦探事务所似乎并不甘心一直隐匿于它所在的地下室。难道马尔特维亚克雇了新人，不，绝对没有。只不过他四处指手画脚的身影日渐频繁地出现在大家的视野里。

　　最明显的变化莫过于在住宅楼的院子门口挂起一个醒目的黑色广告牌，上面写着一行字："马尔特维亚克帮你解决难题。其他人只会消遣你。"

　　其次，画在人行道上的指示箭头将所有需要侦探帮助的潜在客户都指引向位于地下室的"悲观者"侦探事务所门前。

第三，住宅楼居民信息登记表上有关"粉红眼镜"事务所的介绍信息被涂得模糊不清（乔利侦探也不能百分之百地确定这一定是马尔特维亚克的杰作，可是除了他以外，谁还有必要这样做呢？）

他所做的远不止上面提到的这些。几周以来，持续炙烤大地的炎炎烈日将马尔特维亚克从那闷热昏暗的地下室里赶了出来。他越来越经常地出现在院子里杨树下的长椅上，手里握着罐啤酒慵懒地坐在那儿，让凸起的肚子沐浴在阳光和微风中，并用阴郁的眼神注视着在一旁玩耍的孩子们。有一天，马尔特维亚克意外地找到看门人米泰克，对他抱怨，说实在是看够了院里那些破旧的秋千、攀爬架和小旋椅，自己打算把它们重新粉刷一遍。米泰克先生表示赞同，显然，他没理由拒绝不是吗？然而让他没想到的是，第二天，院子里所有秋千、攀爬架、小旋椅全都粉刷一新，只可惜被刷成黑色！

"除此之外我没有其他颜色的涂料。"马尔特维亚克解释道，"再说，这颜色挺好看的。"他边说边戴上太阳镜，朝杨树下的长椅走去。

我们可以毫不夸张地说，那张长椅已经变成马尔特维亚克侦探的第二个办公室。他在长椅上吃、在长椅

上喝、在长椅上打盹、还在长椅那儿接待了不少有事前来咨询的人。如果可以，他恨不得一刻都不离开那张椅子——但有时候不得不起身去解决些事……想必你一定明白我指的是什么，对吧？还有些时候，热得受不了的马尔特维亚克会回屋里冲个凉，然后跑回长椅，身上还不时地滴答着水。一见到马尔特维亚克这幅邋遢的尊容，孩子们就会四散地跑开。

有一天，马尔特维亚克突发奇想，与其在长椅和地下室之间来回奔走浪费时间，还不如直接在院子里冲澡——当然他会穿着衣服洗的,不然就太丢人了。他费力地搬来一个大金属桶,还为它装上出水的龙头和细长的金属腿,这样站在桶边不用弯腰就能冲凉。他还给整个大桶刷上了涂料……你猜是什么颜色?没错,就是黑色!接下来马尔特维亚克给大桶注满水,并得意地欣赏自己的杰作。很久没像今天这样如此辛苦地忙碌这么长时间,他长长地舒了一口气,坐到长椅上眯着眼睛打盹,很快便沐浴着阳光如同婴儿般甜美地进入梦乡。

"谁允许您把这么个玩意弄到院子里来的?!"几个小时后米泰克先生大声喊起来。

"我自己允许的。"睡眼惺忪的马尔特维亚克不情愿地回答。

乔利侦探站在米泰克先生身边问:"假如桶倒了伤到别人怎么办呢?!要知道桶的任何一条腿支撑不住都会发生危险,到时候注定是悲剧!"

马尔特维亚克不悦地瞥了一眼乔利侦探。

"您还是管好自己的事,行吗?"他低声回应,"您的腿不也又细又长,怎么没见您摔倒啊!"

乔利侦探被马尔特维亚克的话给噎住。这时,马尔特维亚克站起身,伸了个懒腰,然后走到桶边。他完全无视一旁的米泰克先生和乔利侦探的存在，自顾自地拧开淋浴龙头的开关……

"嗷呜！"只听传来马尔特维亚克的一声惨叫，"太烫了！是开水！"

米泰克先生和乔利侦探相视而笑。此时，马尔特维亚克正在院子里一边飞奔一边扭动着身体、挥舞着双手，并痛苦地喊叫着。

终于，他在乔利侦探面前停下脚步，生气地吼道："难道你认为这件事很好笑吗？！"

"没错。"乔利侦探点点头肯定地说。

"拿开水烫别人是会进监狱的！"马尔特维亚克用他那低沉地声音说道，"可要敢做敢当呀！"

乔利侦探用怜悯的眼神打量着马尔特维亚克。

"首先，我们并没有在笑话您。"乔利侦探平静地回应，"其次，不是我用开水烫您，而是您自己打开的水龙头。"

"可一定有人往桶里灌了开水，不是吗？"马尔特维亚克高声争辩。

"恐怕那也是您自己干的。"乔利侦探耸了耸肩回答道。

马尔特维亚克简直被气得说不出话来！通常都是他当着别人的面谎话连篇，倘若别人这么对他，那是绝对不允许的！可某人居然……

"我又不傻！"他大声喊道，"我灌进桶里的明明是凉水，不是开水！一定有人把凉水倒掉，又给灌上了开水！"

"没人这么做，"乔利侦探回答，"桶里装的就是您自己灌的水。"

听到这里，连米泰克先生也惊异地盯着乔利侦探。

他不太确信地问侦探先生："难道有人把水加热了？比如说用高温焊枪或者……我也不知道……"

"没错，确实如此。"乔利侦探肯定地点点头。"这个人就是马尔特维亚克。可他给水加热并不需要高温焊枪。他只需要这个就够了。"说完侦探先生指向不远处的一桶黑色涂料，上面还粘着已经变干的刷子。

米泰克先生和马尔特维亚克睁大眼睛瞪着转身离去的乔利侦探，仿佛在看一个疯子。可随后他们似乎又明白了些什么。

你想明白这到底是怎么回事了吗？桶里的水为什么会变得那么烫呢？

谜题之十五
谁偷了乔利侦探的自行车？！

　　虽然许多人——其中大多数是孩子——认为乔利侦探是世界上最好的侦探，可即便对他来说也有不少谜题是无法解答的。那都是些什么样的难题呢？各式各样。比如，乔利侦探最近就碰到一个棘手的问题，他无论如何都想不通，为什么自己的账户上无缘无故多出一笔钱呢？原来根本没有这笔钱，可突然就出现了。虽然这事最终也未能水落石出，但这类难题自然是乔利侦探最乐于见到的。

　　这笔意外之财的数额虽然不大，但它足够实现乔利侦探心底的一个小愿望。侦探先生一直盼望拥有一辆自行车。没错，他的愿望既不是汽车，也不是火车，只是一辆自行车。孩提时代的他曾经有过一辆小自行车，但是在成为侦探之后还从来不曾拥有过属于自己的自行车。乔利先生以前时常想象自己骑车去破案的场景，仅是脑海里这虚构的画面就足以让他感到无比欣喜。如今美梦即将成真！这是多么令人开心的事呀！

账户上的那些钱不够支付购买一辆新车所需的费用，但是特立独行的乔利侦探认为其实旧车更好。因为旧车早已被别人骑过，它懂得如何行驶，所以当然比新车骑起来更棒啦。乔利先生很快就来到旧货市场，在众多旧自行车中为自己挑选一辆梦寐以求的车。可是应当按照什么标准来挑选呢？我们的乔利侦探是根据车子铃铛的大小来挑选的。其中一辆自行车仿佛对他施了魔法，深深地吸引他的注意。只见这辆车的扶手上装有盘子大小的车铃，给人的感觉有几分奇怪，尤其是老旧的款式让它显得与大街小巷里穿行的新式自行车不太一样。毫无疑问的是，它也有自己的优点——乔利侦探总希望能拥有一辆抢眼的自行车，这辆车恰巧做到了。如果它不擅长引起别人的注意，乔利侦探的目光也不会这么快被它吸引。既然侦探先生都留意了这辆车，那么可以推测出其他人也会为之侧目。更绝的是，由于太久没人为这辆破旧的自行车上油，骑行时总会发出哗啦啦的响声。侦探先生为之欢欣鼓舞，因为这让他感觉自己像是鸣笛骑行，很是拉风。这辆自行车能做到的已远远超出引人注目。当乔利侦探骑着它驶进院子的时候，引起不小的轰动。所有人都聚到一起围观乔利侦探的自行车。他们有的人在仔细打量，有的人在啧啧称叹，有的人在细数齿轮，有的人在检查刹车（其实乔利侦探主要是用鞋底刹车），有的人在思考怎样能把自行车的前灯修好（乔利侦探对此早有主意——用烛台来替换），有的人坐到后面载物支架上，有的人拎起自行车的后轮并转动脚蹬，还有的人在敲打链条上的铁锈。大家纷纷高声向乔利侦探表示祝贺。除了马尔特维亚克以外，所有人都是如此。看着院子里吵吵嚷嚷的人群，他的眼神很复杂，有轻蔑，有怜悯。提起出行工具，马尔特维亚克同样有自己的梦想，但一定不是这样一辆破车，而是宝马——黑色宝马运动款，它能轻而易举地超越道路上行驶的所有自行车和其它任何汽车。可惜的是，目前他只有一辆造型浮夸的菲亚特，还坏掉了，因此不得不停放在车库里，更令人难过的是自己近期都很难有闲钱用于修车。

有了自行车之后，乔利侦探的生活跨入一个新时代——两轮时代。每天他都会卷起裤腿（防止被卷进车子的链条里），然后跨上自行车，在附近他所管辖的片区里——也就是附近的几条街道、公园和集市上转悠几圈。他问候沿途遇到的左邻右舍、瞪着在路边低声吠叫的小狗、审视一看到他的自行车就咯咯笑的街边小混混——他其实不过是对骑自行车很上瘾罢了。

狭窄的"粉红眼镜"侦探事务所里当然放不下这辆自行车，再说把车扛上五楼也超出乔利侦探的体能范围。看门人米泰克先生替侦探先生出了个主意：

"乔利先生，您可以把车锁在一楼楼梯的扶手上。"

"为什么要上锁呢？"乔利侦探很不解地问。

"什么为什么？！"这下轮到米泰克先生满脸诧异了，"我想，不需要我去告诉一位侦探，这世界上有一类人叫做小偷吧？"

嗯……乔利侦探此前确实没考虑过这事。一想到自己心爱的自行车有可能会被别人偷走，乔利侦探满心焦虑。对于偷车这个问题，祖佳和多米尼克也有自己的看法，他们认为肯定没人会蠢到去偷侦探的自行车。乔利侦探最终还是决定采取些安全措施以防万一——他买来一根很粗的绳子，每次外出归来停好车后，都会用绳子把自行车给系到楼梯的扶手上。

见此情景，多米尼克好奇地问："您买把自行车专用的锁不是更好吗？"

"不用，我们还是别那么小题大做吧。"乔利侦探回答道。

几天之后，事实证明多米尼克的话十分在理，并非小题大做。那天，太阳一如往常地缓缓升起，院子里的情形与平日也没什么两样。孩子们在空地上嬉戏玩耍；陪同的妈妈们则懒洋洋地在一旁晒太阳；马耶夫斯卡夫人在阳台上浇着花；马尔特维亚克一如既往地坐在长椅

上，只穿了条宽松的短衬裤，正认真地缝补外裤的一条裤腿；而看门人米泰克先生此刻在打扫院落。院子里，成群的喜鹊"叽叽喳喳"地在枝头鸣唱，一旁的小狗发出"汪汪"的叫声，小猫也不时"喵喵"地应和，一切如故。唯一不同的是，乔利侦探停放自行车的地方空空如也，车子已不知去向，只留下被剪断的粗绳子。

"有小偷啊！"乔利侦探高声喊叫着从楼道跑向院子。

假如他期盼能在院里某棵树后发现潜藏的偷车贼，那就大错特错了。

"奇怪！一小时前，我还看见它就停在那里。"看门人米泰克先生低声嘟囔道。

"我提醒过您应该买把像样的锁吧？"多米尼克略带遗憾地问，"可没有人愿意听小孩子的建议。"

虽然不情愿，但乔利侦探不得不承认小家伙提醒得没错。目前，还不是该伤心绝望的时候。侦探的直觉告诉他，小偷应该还没走远，想要侦破这个案件只不过是举手之劳罢了。侦探先生皱起眉凝神思考，同时不停地在院子里走来走去，走来走去，走来走去……

"在院子里不可能找到自行车的！"多米尼克有些担忧地对乔利侦探说，"您应该去附近的市场看看，说不定小偷准备在那儿把自行车卖掉呢？！"

"您也许应该去公园里找找。"祖佳也为侦探先生出主意，"它会不会就藏在某个树丛里呢？"

听完他们的话，乔利侦探将食指放在嘴边对他们说了声：

"嘘……！"

孩子们立刻安静下来。他们在一旁默默地注视着侦探先生，目光中流露出关心与同情。到底是谁偷走了自行车呢？！

"我要报警！"乔利侦探边说边站到马尔特维亚克面前，"我真为您感到羞愧，侦探居然沦为小偷！"

"您有证据吗？"马尔特维亚克一边粗声粗气地问一边扯断缝好裤腿后剩下的线，"这种毫无依据的指控能把您送上法庭！"

"没问题，"乔利侦探平静地回应道，"假如我真的错怪您了，到时候我愿意向您郑重道歉，并关闭我的侦探事务所！"

话音刚落，院子里一片沉寂。孩子们惊讶得目瞪口呆。在一边晒太阳的孩子妈妈们睁大眼睛看向乔利侦探。米泰克先生手中的扫把一不小心滑落到地上。住宅楼里怎么可以没有"粉红眼镜"侦探事务所呢？！那样的话，它就不是原本那栋住宅楼了！

"您真的会关闭'粉红眼镜'事务所？"马尔特维亚克开心地笑起来，"很好，那我就搬进去。"

大约一刻钟以后，三名警察走进院子里。

"刚才是谁报的警？"其中一名警察问。

"是我！"乔利侦探应声回答道。

"怎么回事？"

乔利侦探凑近警察耳边嘀咕了几句。那位警察立即把目光转向旁边的马尔特维亚克。他正在提裤子，嘴角向上微微一勾，露出一抹嘲讽的笑意。

"好吧……"警察稍作迟疑，走到马尔特维亚克跟前开口问道："能让我们去您办公室看看吗？"

"警察先生，那么您有搜查令吗？"马尔特维亚克不悦地反问。

"没有，不过如果您认为自己是无辜的，不妨就……"

"好吧！"马尔特维亚克打断他的话答道，"那您请进吧！"

乔利侦探愣住了。他原以为马尔特维亚克无论如何也不会允许警察走进自己的办公室半步，然而目前的情形完全出乎他的意料。难道马尔特维亚克真是无辜的？等等，等等，这里面一定有问题……

乔利侦探的大脑在飞速运转。

假如马尔特维亚克真的偷走自行车，他一定不会……对，没错！

"请留步！"乔利侦探高声阻止二人的脚步。"那里面不会有的！应该去车库看看！"

"车库？"警察先生转向马尔特维亚克，只见后者脸色瞬间变得十分苍白。

"对，去车库，"乔利侦探肯定地说，"车库就在离这儿不远的地方，里面停放着马尔特维亚克那辆造型浮夸的汽车！当然还有我的自行车，一定没错！"

"不可能！"马尔特维亚克厉声否认，"简直就是个疯子！"他边说边试图抽身离去。

但是他没能成功脱身，另外两名警察挡住了他的去路。

"今天，我们二人中间必定有一个会失去侦探的从业资格。"乔利侦探说道，"我断定，那个人不会是我。"

说完，侦探先生微笑地环顾四周那些吃惊的孩子们、心事重重的看门人米泰克先生、手持喷壶站在窗口的马耶夫斯卡夫人，以及坐在沙坑周围陪伴自己孩子的妈妈们。乔利侦探的笑容是那么的温暖而明媚，给在场的每个人带去希望。

对，乔利侦探不可能出错……

毕竟他是世界上最棒的侦探！

乔利侦探的推测一点没错，最后确实在车库里找到了丢失的自行车。他为什么会怀疑马尔特维亚克，你对此是怎么看的呢？乔利先生是在何时推断出，马尔特维亚克肯定不会把偷走的自行车放在办公室，而是把它藏进自己的车库里了呢？

谜底

谜题之一

居然有人准备连续四天都穿同一双袜子？！想必任何一位做母亲的都无法忍受自己的孩子这么干！乔利侦探因此确信，那双被祖佳穿了三天的袜子一定是被人扔进放脏衣服的篮子里，或者已经洗好并晾晒在晾衣间里了。他猜得果然没错！

谜题之二

马尔特维亚克侦探正忙着装修地下室，未来他的侦探事务所就在那。装修的过程中需要用到水泥。搅拌水泥当然少不了水和沙子，而且是大量的沙子。解决这个问题最直截了当的方法当然是直接从最近的沙坑里运过去啦。

谜题之三

马耶夫斯卡夫人买回几束鲜花，计划在清明节之际摆放到丈夫的墓前。晚上，她把鲜花插到花瓶里，并放置到室外的阳台上。为了让花朵保持新鲜，她往花瓶里注满清水。但是让她始料未及的是，那天夜间气温骤降、异常寒冷。我们都知道，当温度下降到零摄氏度以下，水会变成冰。在水结冰之后，它的体积会变大。由于花瓶里的水被冻成冰，体积增大，故导致花瓶炸裂。如果谁不相信的话，可以灌满一玻璃瓶水，放置到冰箱的冷冻室里试试看。不过请不要忘记，尝试之前一定要征得父母的同意。总之，乔利侦探说得没错——马尔特维亚克确实没抓到任何人。

谜题之四

以前的老式表与现在那些使用电池作为动能的表不一样，它们需要手动上弦，否则表针就会停止工作。一般需要每天给表上一次弦。祖佳和多米尼克的爷爷也许忘记告诉他们——自己前一天已经给怀表上过弦，可第二天……这不，第二天就出了状况。

谜题之五

每当圣诞节前夕，在一些西方国家的街道、广场或者集市上便开始售卖各式的常绿的针叶树。其中当然少不了圣诞树。大量的常青树让有些地方看上去仿佛是一片新生的小树林。

谜题之六

春天万物复苏。随着气温回升，街道、树枝以及屋顶上的积雪开始逐渐融化。时不时会有大块的积雪从倾斜的屋顶上滑落下来。因此早春时节最好不要驻足于倾斜的屋檐下。那里可能会不太安全哦！

谜题之七

乍暖还寒的初春时节很容易生病，有时只不过因为忘记戴上围巾或者不小心弄湿鞋子就会着凉感冒。测量体温的结果表明多米尼克有些发热。人体的正常温度通常在36.6℃上下，而并非37.5℃。由此可以判断出，此前在水坑里跳来跳去的一定是多米尼克，而不是祖佳。

看样子生病的多米尼克不得不喝些味道很苦的药了。

谜题之八

自沐浴过春日里的第一缕阳光后，马耶夫斯卡夫人窗前的那些树开始逐渐吐露新芽。最终它们将会长得枝繁叶茂，当然这个过程还需要些时日。可一旦它们的树冠变得郁郁葱葱，便会在窗前形成一道天然的窗帘，严密地遮挡住窗外照射进屋里的阳光。

谜题之九

多米尼克和祖佳从市场上买回一些葡萄。还没来得及回家清洗，他们俩便禁不住诱惑开始吃了起来。由于水果表面覆盖着一层我们用肉眼无法看见的杀虫剂和其他有毒害的物质，所以在食用之前应当仔细冲洗，不然就会……想必大家都已经知道结果了，对吧？至于乔利侦探为什么要去药店买活性炭呢？因为药店售卖的活性炭是治疗食物中毒及腹泻的良药。

谜题之十

春天里，所有杨树的枝头都挂满白绒绒的杨絮，那里面包裹着它们的种子。哪怕只是一阵轻柔的微风拂过，都足以将枝头那些雪白的绒毛吹落一地。在杨絮纷飞的时节，有些人会因此而打喷嚏，其中就包括我们的乔利侦探。为什么会这样呢？显然是由于他们对杨絮过敏。

谜题之十一

薯片是一种脂肪含量超高的食品——大口吃薯片的米泰克先生苦恼于无法把自己塞进以往的旧衣服里，这实在不足为奇。薯片会损伤牙齿吗？当然会啦，我们早就知道，牙医对于存在薯片这种零食最为开心了。很少有食品像薯片这样，如此伤害牙齿，却依旧广受欢迎，嗯，没错，它几乎是人见人爱的美食。

谜题之十二

由于我们的肉眼看不到空气，因而很难相信空气受热后体积会增大，可事实确实如此。当我们把充满气的玩具，例如充气的塑料球放置在阳光下暴晒，球体内的空气会因受热而迅速膨胀。随之而来的便是爆裂！所以当我们去沙滩上玩要时，一定不要为水上气垫床、充气球或者其它此类玩具过度充气——要知道它们自己会膨胀起来的！

谜题之十三

是草地上的朝露打湿了小男孩的风筝。如果纸制品整个都湿透了，肯定会变得七零八落。在这里有必要提醒大家一句：一定不要把衣服、书本、纸巾或者其它物品留在草地上过夜……

谜题之十四

在所有颜色当中，要数黑色吸收太阳光的能力最强。同时它也是温度升高得最快的颜色，所以我们在夏季最好别穿黑衣服。马尔特维亚克将整个金属桶涂成了黑色。只需在阳光下晒几个小时，桶里的水就会变得滚烫。你如果不相信的话，可以尝试在阳光明媚的夏天，将一个装满水的黑色小罐子放置在阳光下，几小时之后再去感受一下水的温度。这样你一定会对此留下深刻的印象，是不是？

谜题之十五

　　这一次，乔利侦探起初对自己的推测并不十分确信，但某些情景让他心生怀疑。比如马尔特维亚克居然会坐在院子里缝补裤腿，或许是骑自行车时被卷坏的。如果不是天天骑车的人，他很难想到在骑行前需要卷起宽阔的裤腿。既然乔利侦探认定是马尔特维亚克骑走了自己停在楼道里的自行车，那么就能推断出他一定不会把车骑到位于地下室的办公室里，因为这段距离只需要搬起自行车就好。这么看来，最有可能停放自行车的地方就是马尔特维亚克的车库。当然，他也可以在中途把自行车扔到任何其他地方。但此时的乔利侦探不得不冒险——他决定孤注一掷……所幸终有所获。

卡霞·马勒敦克摄奇摄

格热高什·卡斯德普克 (Grzegorz Kasdepke)

与写个人履历相比，格热高什·卡斯德普克更热衷于写书。完成一篇简短的个人介绍，他竟用了半年多时间，这让"我们的书店" (Nasza Ksiǎgarnia) 出版社的编辑们深感绝望。

具备专业新闻教育背景的格热高什·卡斯德普克，遵循内心的选择成为一位为孩子们写书的作家。他成功地创作了多本广受欢迎的儿童读物（其中包括：《小卡茨贝尔》《库巴和布巴》《百变宝贝》《库巴和布巴甜蜜的一年》《顽皮的字母表》《走出沙坑闯世界》《乔利海格侦探》《乔利海格侦探的新麻烦》《别亲……》《爱、喜欢、尊敬……》和《真恐怖，孩子是从哪里来的》）。

格热高什是一位父亲，有一个出色的小男孩叫卡茨贝尔，随着孩子的成长，他正计划出版一些更严肃的作品。他本人有一些懒惰和贪吃。他是电视编剧，曾担任《火车呜呜呜》、《与米妮和麦克斯一起喝下午茶》和《闹钟》编剧，并在四年多的时间里参与了电视剧《部落》的编剧工作。他还是广播爱好者，曾创作过不少广播剧。

格热高什是个地道的书迷——第一次吃书竟是躺在摇篮里的时候，如今他对书的热情依旧不减当年，只不过换了个"吃"法。他连续多年担任《蟋蟀》杂志的主编。在编辑这本广受赞誉的儿童刊物的时日里，他看上去并不比杂志的读者们严肃多少——那段经历带给他的是难以言喻的自豪感。

格热高什还是一位爱幻想的梦想家。当被问及是否喜欢孩子的时候，他坚定地回答："不喜欢！"。随即爆发出一阵类似驴叫的"吼吼"大笑声——然后所有人都明白了，那只不过是句玩笑而已。

马格达莱娜·沃西克摄

彼特·雷赫尔（Piotr Rychel）出生于1962年。他在弗罗茨瓦夫完成学业，曾就读于艺术高中以及美术学院。自20世纪90年代开始艺术创作，他利用自己丰富的想象力和过人的天赋，为孩子和大人创作了不少绘画作品。他曾与当地的期刊《选举报》、少儿文学和教育出版社合作。他也曾绘制并开发了一系列初级绘画教学教材（其中一本在2000年被波兰图书出版社协会评为最美图书）。2004～2008年间，他曾担任儿童彩绘双周刊《小熊》杂志的主编。他曾长期与儿童读物《蟋蟀》合作，为其创作插画。他还是乔利侦探形象的创作者，该形象是格热高什·卡斯德普克系列畅销书《乔利侦探》的主角。凭借有声读物《乔利侦探》的封面设计，于2009年在有声图书年比赛中获得第二名。在闲暇时间，彼特·雷赫尔总会骑上他的摩托车兜风。